美女與野獸

故事遊戲書

新雅文化事業有限公司
www.sunya.com.hk

《美女與野獸》的故事中，有俊男，有美女，也有野獸，還有各式各樣稀奇古怪的角色。外表美麗的人一定是好人嗎？外表兇惡的人一定是壞人嗎？不一定呢！請選出適當的貼紙貼在剪影上，認真了解一下故事中各個人物的性格吧！

貝兒年輕貌美，且聰穎善良。她住在一個平靜的小村莊裏，喜歡追求知識和新事物，因此書本成為了她的好朋友。

野獸外表兇惡，但內心孤寂。自從他遇到貝兒後，他的內心逐漸產生了變化，變得溫柔和善。

加斯頓與貝兒住在同一個小村莊裏。他恃着高大英俊的外表，為人高傲自大，且會幹一些壞事。他總是以為貝兒會被他深深迷倒。

莫維斯是貝兒的爸爸，為人有點兒冒失，但在貝兒眼中他不單是一個出色的發明家，也是一個好爸爸。

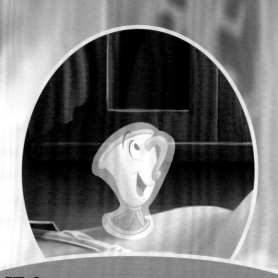

茶煲太太充滿母愛，她非常欣賞貝兒為了父親所作出的犧牲。茶煲太太常常在野獸身邊循循善誘，引導他做一個好人。

阿齊本來是一個活潑好動的男孩子，後來與母親同樣被女巫變成了城堡中的家居用品。

費立是莫維斯和貝兒家的馬匹。

盧米亞是野獸的忠心僕人之一。

葛士華是野獸的忠心僕人之一。

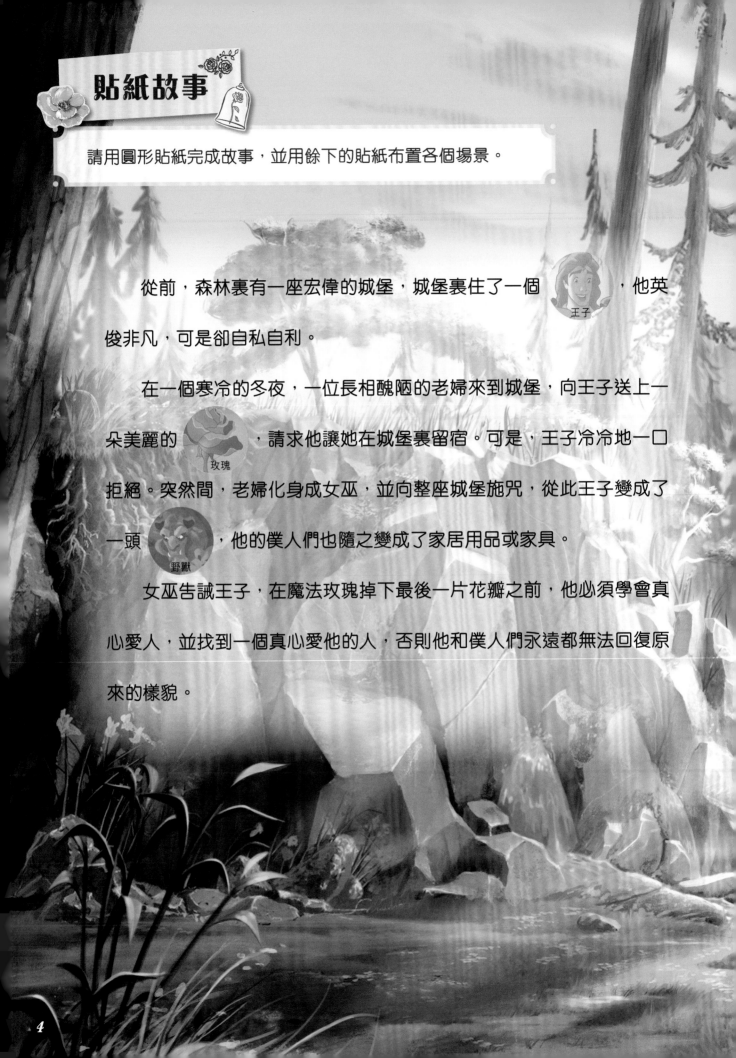

貼紙故事

請用圓形貼紙完成故事，並用餘下的貼紙布置各個場景。

從前，森林裏有一座宏偉的城堡，城堡裏住了一個 王子 ，他英

俊非凡，可是卻自私自利。

在一個寒冷的冬夜，一位長相醜陋的老婦來到城堡，向王子送上一

朵美麗的 玫瑰 ，請求他讓她在城堡裏留宿。可是，王子冷冷地一口

拒絕。突然間，老婦化身成女巫，並向整座城堡施咒，從此王子變成了

一頭 野獸 ，他的僕人們也隨之變成了家居用品或家具。

女巫告誡王子，在魔法玫瑰掉下最後一片花瓣之前，他必須學會真

心愛人，並找到一個真心愛他的人，否則他和僕人們永遠都無法回復原

來的樣貌。

在城堡不遠處的一條小村莊裏，住了一個姑娘，名叫，她年輕貌美，且聰穎善良。貝兒最愛看，因為在書中可以學到很多新事物。

在同一條村莊裏還住了一個年輕人，名叫，他既強壯又英俊，可是卻極度狂妄自大。

「你能嫁給我，將會是你人生之中最大的榮幸！」加斯頓對貝兒說。

可是，貝兒對他一點也不心動，她才不會嫁給一個沒有修養，且不愛看書的男人。

突然間，從貝兒的屋子裏傳出一聲巨響。加斯頓嘲笑着說：「不知道 莫維斯 這個老頭子又弄出了什麼爛攤子？他徹徹底底是個傻子！」

「我爸爸不是傻子，他是一個創意十足的發明家。」貝兒說罷立刻趕回家去。

7

原來莫維斯正在家中修整新機械，準備參加明天舉行的發明家比賽。

莫維斯帶着他的新機械，騎着
費立 向比賽場地出發去了。

莫維斯在森林中走着走着，黑夜漸漸降臨。在夜幕中，一羣
野狼

的吼叫聲此起彼落，把費立嚇壞了，令莫維斯掉在地上。面對野狼的逼近，

莫維斯拚命逃跑，在跌跌撞撞之間闖入了一座城堡。突然間，一頭巨獸出

現在莫維斯面前，嚇得莫維斯目瞪口呆。

「你在看什麼？沒見過我這樣的人嗎？」 野獸 怒吼道。

「對……對……對不起，我沒有惡意，我只想找一處容身之所。」

莫維斯結結巴巴地說。

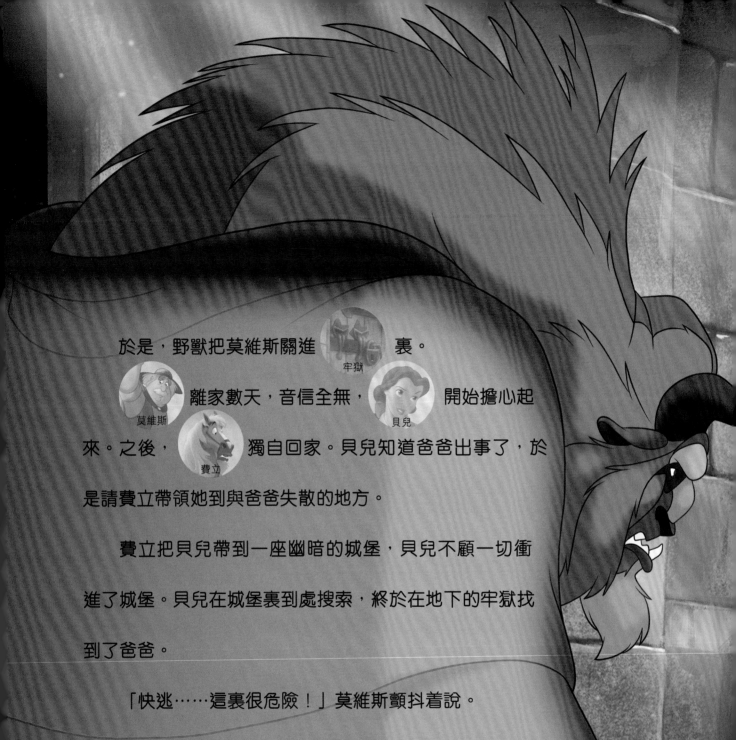

於是，野獸把莫維斯關進 （牢獄）裏。

離家數天，音信全無，（貝兒）開始擔心起來。之後，（費立）獨自回家。貝兒知道爸爸出事了，於是請費立帶領她到與爸爸失散的地方。

費立把貝兒帶到一座幽暗的城堡，貝兒不顧一切衝進了城堡。貝兒在城堡裏到處搜索，終於在地下的牢獄找到了爸爸。

「快逃……這裏很危險！」莫維斯顫抖着說。

可是，太遲了，一個龐大的身影出現在貝兒面前，質問她：「你來這裏幹什麼？」

貝兒內心極之害怕，但她還是鼓起勇氣說：「求求你，請你放過我爸爸。我來代替他留在這裏。」

「好，要是你承諾一生一世留在這裏，我就放過他。」（野獸）說。

莫維斯回到村莊後，立刻將野獸的惡行告訴村民，可是村民們卻

以為他瘋掉了，對他不理不睬。

在城堡中，貝兒原以

為自己往後的日子一定很

孤寂，但是原來城堡裏還

住了許多友善的、特別的東西——他們就是被女巫變成家居用品或家具

的僕人們。他們很快跟貝兒成為了好朋友。

「貝兒，你犧牲自己來救你爸爸，真是很勇敢啊！」

茶煲太太 慈祥地說。

之後，茶煲太太和她的兒子 阿齊 、 盧米亞 、

葛士華 等僕人，為貝兒預備了一頓豐富的晚餐。

吃過晚餐後，貝兒在城堡裏閒逛，不知不覺來到西廂的入口。

貝兒在西廂一間陰暗的房間裏，看到椅子、桌子、花瓶等摔滿

一地，唯獨是一朵發亮的 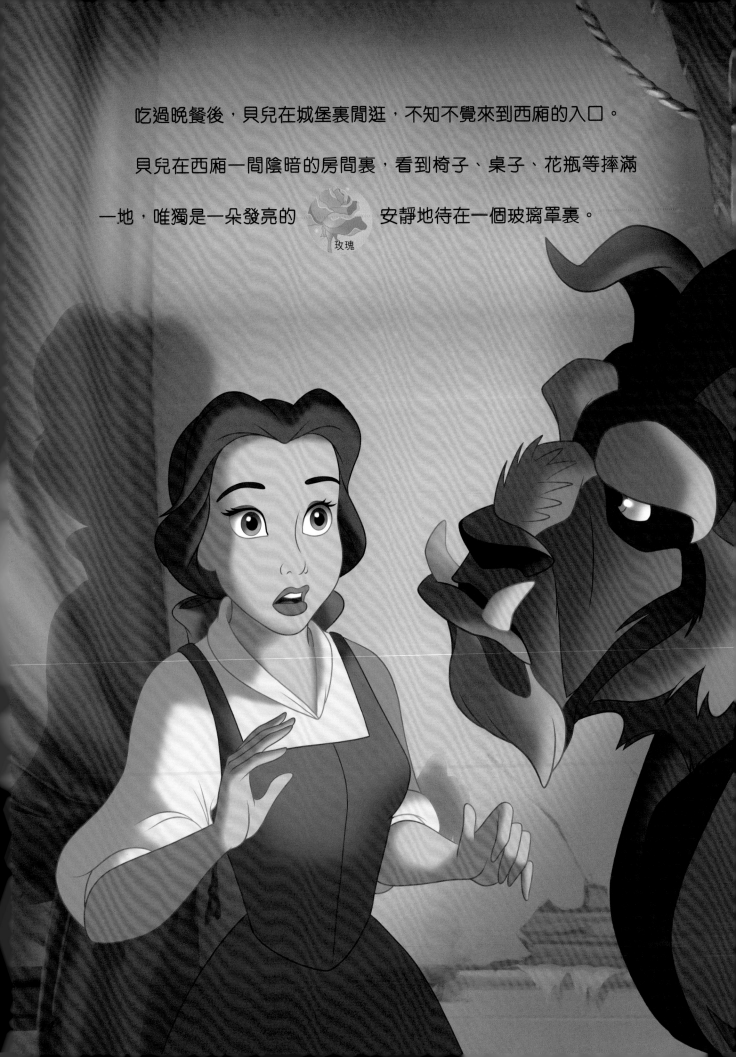 安靜地待在一個玻璃罩裏。

玫瑰

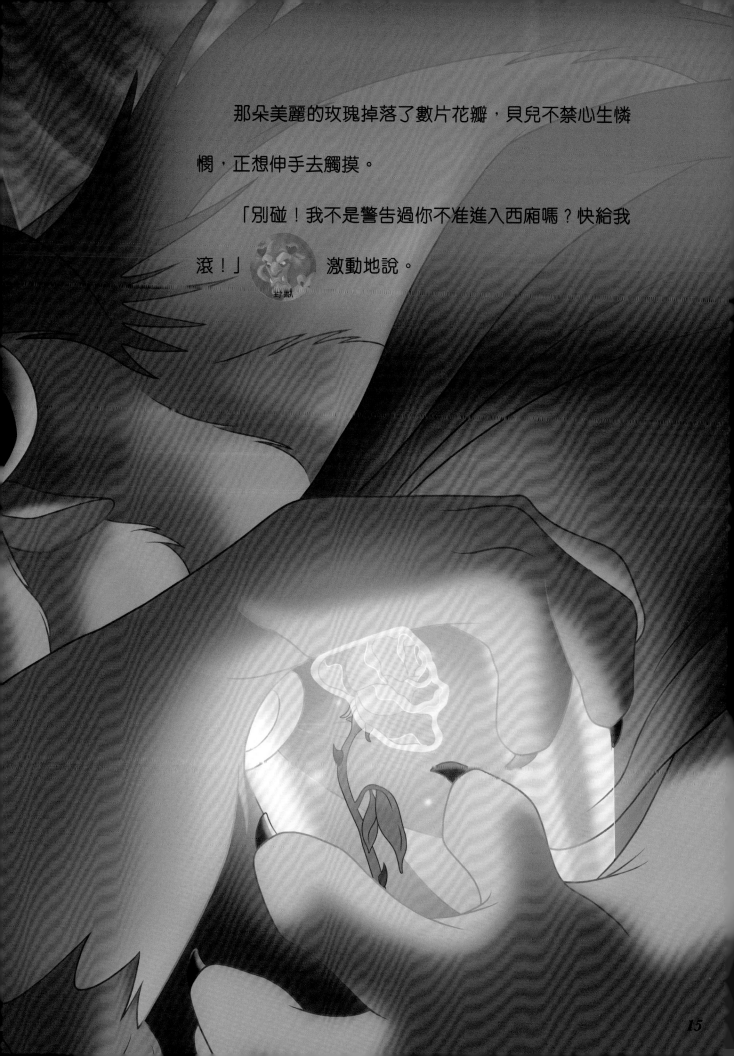

那朵美麗的玫瑰掉落了數片花瓣，貝兒不禁心生憐憫，正想伸手去觸摸。

「別碰！我不是警告過你不准進入西廂嗎？快給我滾！」野獸激動地說。

貝兒被野獸這麼一吼，也顧不得之前許下的承諾，慌慌張張地逃出了城堡。

貴立

在城堡外面守候着，貝兒看見牠便一躍而上。不料，他們在途中被一羣兇猛的
野狼

重重包圍着。就在此時，野獸突然出現，奮不顧身地與狼羣搏鬥，最終擊退了狼羣。

貝兒安全了，可是野獸卻受了傷。貝兒細心照料野獸的傷勢，她感受到野獸那兇惡的外表之下，原來有一顆善良的 ♥。
心

自從這次意外之後，貝兒放開了懷抱，漸漸接納了野獸。野獸在貝兒的誘導下，也變得越來越溫柔和善。他們一起做許多事情。城堡裏的僕人看到貝兒和野獸互相關心，感覺到兩人之間的感情日漸深厚。他們都認為，也許女巫施下的魔咒最終會被破解。

一天晚上，野獸為貝兒安排了一個精緻的晚宴。他穿上了禮服，

表現得像個風度翩翩的紳士。 穿上黃色裙子，顯得清新高貴。

兩人相視微笑。

隨着輕柔的 ，野獸與貝兒共舞。野獸看着美麗的貝兒，

他知道自己已經愛上了貝兒，可是他卻沒有勇氣去表白。

「你和我一起快樂嗎？」野獸問貝兒。

貝兒遲疑了一會兒，說：「我感到很快樂，可是我同時十分掛念爸爸！」

野獸不忍心看到貝兒傷心，於是拿出 ，讓她在魔鏡中看看爸爸的現況。貝兒在魔鏡中看到爸爸好像生病了，十分擔心。

「回到你爸爸身邊吧！」野獸難過地對貝兒說，「這塊魔鏡也給你。

你離開城堡之後，別忘記我啊！」

然而此刻，魔法玫瑰只剩下最後一片 。

花瓣

貝兒回到爸爸身邊，她有許多事情要跟他訴說。

加斯頓知道貝兒回來後，便開始了他盤算已久的計劃。他命令人把莫維斯關進瘋人院，以迫使貝兒嫁給他。

他又在無意之中透過 看到了貝兒喜歡的，心裏感到非常妒忌，於是氣沖沖地帶領村民前往城堡，要去殺死野獸。

野獸自從失去貝兒後，整個人變得意志消沉，面對着加斯頓的連串攻擊，也只是消極地捱打。直至貝兒趕到城堡，野獸才作出防衞。可是，無恥的加斯頓趁着野獸一不留神，狠狠地刺了他一刀。

野獸重傷倒地，對貝兒耳語說：「你回來了！真好，至少我最後也

能再見你一面。」

「不，不，不要離開我！」貝兒抽泣着說，「我愛你。」

就在此時，魔法玫瑰掉下最後一片花瓣，接着 包圍着野

獸的身體。他的身體慢慢升高，並不斷旋轉。然後，野獸變成了一位英

俊的 。

 和  的相愛破解了女巫的咒語，讓城堡裏的人回復了原貌。

 和  再次穿上禮服，在舞廳中翩翩起舞。

 問媽媽：「他們會快樂地生活下去嗎？」

「那當然了！」 滿心歡喜地看看兒子，又看看王子和貝兒。

從此，王子和貝兒在城堡中過着幸福快樂的日子。

23

變身配對

野獸、茶煲太太、阿齊、盧米亞和葛士華在被施魔咒前，他們的樣子分別是怎樣的呢？請沿路線找一找，找出各人原來的樣貌。

貝兒的禮服

貝兒穿上了什麼顏色的裙子出席野獸為她精心預備的晚宴呢？請把下圖塗上顏色，重現貝兒悉心打扮的美麗情景。

找找家具

村民被加斯頓的片面之詞所蒙騙，誤以為野獸是危險的人物，於是衝動地闖進了野獸的城堡，要把他殺死。幸好，野獸有一班忠心的家具僕人，他們合力抵抗村民的攻擊。請參考右頁的文字提示，在下圖中圈出 5 位家具僕人。

衣櫃

衣帽架

2 個抽屜櫃

椅子

看圖創作故事

野獸的外表雖然兇惡，但他有一顆溫柔的心。貝兒感受到野獸的溫柔，就連小小的鳥兒也感受得到。請觀察圖畫，並利用提供的詞語，完成右頁的小故事。

啡色　　紅色　　跳動　　嚇倒

樂也融融　　又軟又暖　　又兇又惡

　　野獸的外表 ＿＿＿＿＿＿＿＿，內心卻 ＿＿＿＿＿＿＿＿。

　　貝兒用心看，沒被野獸的外表 ＿＿＿＿＿＿＿＿；貝兒用心聽，聽到野獸那溫柔的心在 ＿＿＿＿＿＿＿＿。

　　四隻 ＿＿＿＿＿＿＿＿小鳥飛來，伴隨着四隻藍色小鳥，最後又飛來十多隻 ＿＿＿＿＿＿＿＿小鳥。

　　小鳥跟着貝兒，一起與野獸玩；小鳥跟着貝兒，一起與野獸笑。

　　這天，大家無拘無束在一起玩耍，＿＿＿＿＿＿＿＿。

動手做玫瑰

玫瑰是愛的象徵。據民間流傳的花語，不同數量的玫瑰有着不同的意思，例如：1 朵玫瑰代表「心中只有你」、3 朵玫瑰代表「我愛你」、10 朵玫瑰代表「十全十美」……一起來跟着以下步驟，動手製作玫瑰紙花。學會了之後，你還可以用顏色紙製作更多玫瑰花送給爸媽和朋友，表達你對他們的愛啊！

你需要： 剪刀、鐵線或竹籤、膠紙

做法

1. 沿黑色線裁剪出右頁的紙樣*。

2. 取一根鐵線或竹籤，用膠紙把它固定在紙條的末端，然後捲曲紙條。

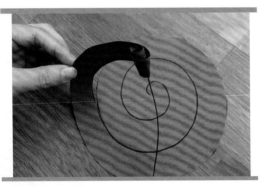

3. 繼續捲曲紙條直至紙條的另一端。

4. 用膠紙固定紙條的末端，便完成玫瑰紙花了。

完成！

你還可用不同顏色和不同大小的紙張，製作更多玫瑰紙花呢！

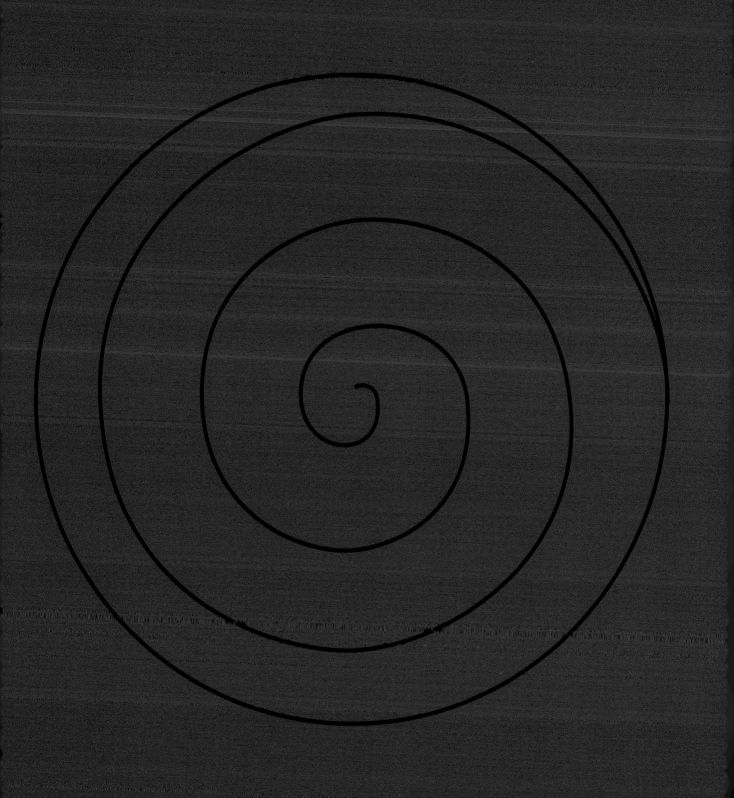

© 新雅